Véronique Caylou • David Parkins

LA SORCIÈRE QUI RAPETISSAIT LES ENFANTS

bayard jeunesse

Il était une fois une sorcière
qui s'appelait Pichnouille.
Elle était bête et méchante.
Elle portait au bout de son nez crochu
une énorme verrue.
Et son seul grand plaisir,
c'était d'embêter ses voisins.

La nuit, Pichnouille faisait grincer leurs volets,
elle transformait les fleurs en cactus,
les bébés en microbes,
elle faisait voler les chiens et courir les escargots.
Les enfants avaient si peur d'elle
qu'ils n'osaient plus jouer dehors.
Dans le village, tout le monde rêvait
d'en être débarrassé.

Celui qui en rêvait le plus, c'était Séraphin,
son plus proche voisin.
Il passait son temps à se cacher
pour échapper aux mauvais tours de Pichnouille.
Mais un beau matin, il en eut assez.
En prenant son petit déjeuner, il dit :
– Je vais me débarrasser
de Pichnouille.
Et il sortit
de la maison.

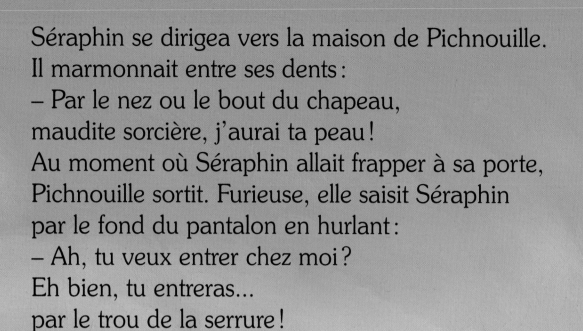

Séraphin se dirigea vers la maison de Pichnouille.
Il marmonnait entre ses dents :
– Par le nez ou le bout du chapeau,
maudite sorcière, j'aurai ta peau !
Au moment où Séraphin allait frapper à sa porte,
Pichnouille sortit. Furieuse, elle saisit Séraphin
par le fond du pantalon en hurlant :
– Ah, tu veux entrer chez moi ?
Eh bien, tu entreras...
par le trou de la serrure !

Paf! Dans un grand éclair,
Pichnouille rendit Séraphin minuscule,
aussi petit qu'une fourmi,
pas plus gros qu'un moucheron.
Puis elle lui claqua la porte au nez.
Vlan !

Séraphin ne se découragea pas.
Il escalada la porte, et il entra…
par le trou de la serrure !
Hélas, le chat de Pichnouille l'aperçut.
Il hérissa ses poils en crachant furieusement.
Pichnouille l'entendit…
– Qui ose me déranger ? cria-t-elle.
Ses petits yeux cruels se posèrent sur Séraphin.
Elle hurla : – Encore toi ! Mais il faut donc
que je te mange pour avoir la paix !
Et, slurp ! elle l'avala tout rond.

C'est ainsi que commença
l'étrange voyage de Séraphin
au cœur du corps de la grande,
de la redoutable Pichnouille.
Séraphin découvrit
un escalier en colimaçon.
Courageusement, il descendit.
Il faisait sombre,
les marches étaient glissantes.
Séraphin s'accrochait aux parois
pour ne pas tomber.

Séraphin se trouva bientôt devant une porte
blanche et lisse comme la porte d'un réfrigérateur.
Il sauta sur la poignée : la porte grinça et s'ouvrit
en laissant s'échapper une bouffée d'air glacé.
Là, un énorme caillou se balançait :
c'était le cœur de pierre de Pichnouille.
Pour ne pas geler sur place,
Séraphin s'éloigna rapidement,
mais il laissa la porte ouverte.
Aussitôt… Ratatchoum !
Ratatchoum ! Ratatchoum !
Par trois fois, la sorcière éternua.
« Hé hé, bien fait ! » se dit Séraphin.

Tout grelottant, Séraphin monta
le long de la colonne vertébrale.
Il grimpa, grimpa…

Et il arriva dans une grotte obscure :
c'était le crâne de Pichnouille.
Les murs étaient entièrement recouverts de tiroirs,
portant chacun une étiquette : danser, pincer, bâiller…
Séraphin s'amusa à décoller les étiquettes
des tiroirs pour les recoller sur d'autres.
Comme ça, au lieu de bâiller,
Pichnouille se mettrait à aboyer,
au lieu de manger,
elle se mettrait à sauter !
« Hé hé, bien fait ! »
se dit Séraphin.

giffer

manger

aboyer

terroriser

tournebouler

ensorceler

zigouiller

siffler

sauter

emberlificoter

Tortiller

saucisson

Un peu plus loin,
Séraphin découvrit deux drôles de fenêtres :
c'étaient les yeux de Pichnouille.
au milieu, pendaient deux longues cordes, assez fines.
Séraphin attrapa le bout de chaque corde.
Il tira, tira si fort qu'il réussit à tordre les fenêtres.
Aussitôt, Pichnouille se mit à loucher abominablement !
« Hé hé, bien fait ! » se dit Séraphin.

Satisfait, Séraphin chercha la sortie.
Il courut, courut dans un long tunnel.
Il sentit un petit vent frais comme un courant d'air :
la sortie n'était pas loin… Enfin il fut dehors !
Il se pencha… Malheur !
Il était au bord de l'oreille de Pichnouille !
Il fut pris de vertige.
Il ne pouvait pas sauter de si haut :
il allait se fracasser par terre…

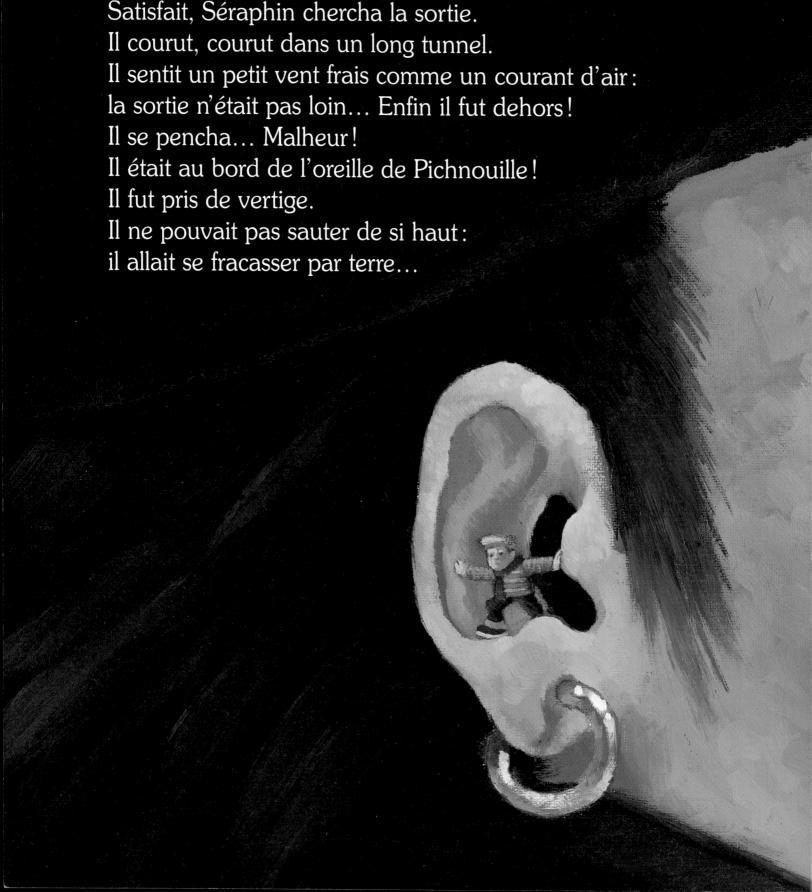

À ce moment, Pichnouille,
qui n'y voyait plus rien, tellement elle louchait,
se cogna contre un mur. Boum !
Le pauvre Séraphin perdit l'équilibre et tomba.
Heureusement, il se rattrapa de justesse
au nez crochu de la sorcière.
Il s'accrocha de toutes ses forces à l'affreuse verrue.
Soudain, il entendit un «CLIC!»
La verrue s'enfonça,
comme un bouton sur lequel on appuie.
Sans le savoir, Séraphin venait de découvrir
le point faible de Pichnouille :
le bouton rétrécisseur.

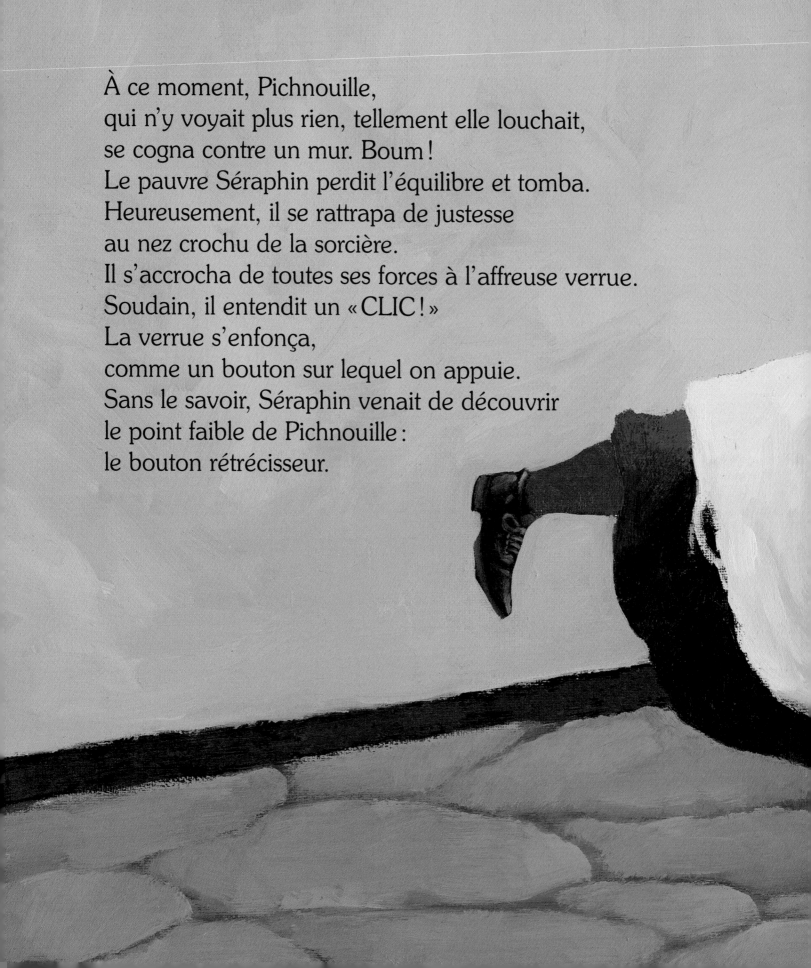

Dans un grand éclair, la sorcière se mit à rapetisser.
Elle devint minuscule, aussi petite qu'une fourmi,
pas plus grosse qu'un moucheron.
En même temps, Séraphin grandit, grandit, grandit…
Lorsqu'il eut retrouvé sa taille normale,
il regarda la minuscule Pichnouille à ses pieds.
Séraphin se pencha, il la prit dans ses mains
et décida de l'emmener dans son jardin
pour l'installer sur une feuille,
tout près d'une petite chenille affamée…

Lorsque sa maman le vit au bout du jardin,
elle se précipita pour le serrer dans ses bras.
Ils s'assirent sur un banc,
et Séraphin lui raconta son étrange voyage
au cœur du corps de la grande,
de la redoutable Pichnouille.
À leurs pieds, une petite chenille
bien rondelette les écoutait.

Dans la collection

les belles HiSTOiRES

L'ogre qui avait peur des enfants
Marie-Hélène Delval • Pierre Denieuil

Ma maman a besoin de moi
Mildred Pitts Walter • Claude et Denise Millet

Le grand voyage
de Nils Holgersson
d'après l'œuvre originale de Selma Lagerlöf
Catherine de Lasa • Carme Solé Vendrell

La sorcière qui rapetissait les enfants
Véronique Caylou • David Parkins

La famille Cochon déménage
Marie-Agnès Gaudrat • Colette Camil

Le loup vert
René Gouichoux • Éric Gasté

Le petit ogre veut aller à l'école
Marie-Agnès Gaudrat • David Parkins

L'ours qui voulait qu'on l'aime
Marie-Agnès Gaudrat • David Parkins

Le pré sans fleurs ni couleurs
Laurence Gillot • Antoon Krings

La soupe à la grimace
Hélène Leroy • Éric Gasté

Drôle de cadeau dans le traîneau
Anne Leviel • Martin Matje

Le chant du sorcier
Carl Norac • Claude Cachin

Le plus brave des petits cochons
Youri Vinitchouk • Kost Lavro

Le petit monsieur tout seul
Barbro Lindgren • Ulises Wensell

Le secret de la petite souris
Alain Chiche • Anne Wilsdorf

Le prince Nino à la maternouille
Anne-Laure Bondoux • Roser Capdevila

Même pas peur !
Alain Korkos • Kristien Aertssen

Ouste, les loups !
Kidi Bebey • Anne Wilsdorf

Je serai un oiseau
Rachel Hausfater • Ceseli Josephus Jitta

Cendrillon mon amie
Myriam Canolle-Cournarie • Colette Camil

L'ours et les fées pipelettes
Anne-Isabelle Lacassagne • Emilio Urberuaga

Marion la jalouse
Janine Teisson • Jean-François Martin

Le Petit Chaperon Rouge
Marie-Hélène Delval • Ulises Wensell

Retrouvez aussi tous les mois le magazine *Les Belles Histoires,* avec une grande histoire inédite et les aventures de Zouk, la petite sorcière.

ISBN 13 : 978-2-7470-2328-3
© Bayard Éditions 2002, 2007
Texte de Véronique Caylou, illustrations de David Parkins
Dépôt légal : juin 2007 - 4e édition
Impression en France par Pollina s.a., 85400 Luçon - n° L50201A
Loi 49-956 du 16 juillet 1949 sur les publications destinées à la jeunesse